그래, 라일락

석민재 시집

시인의일요일시집 **013**

그래, 라일락

1판 1쇄 찍음 2023년 2월 20일
1판 1쇄 펴냄 2023년 2월 28일

지 은 이 석민재
펴 낸 이 김경희
펴 낸 곳 시인의일요일

표지·본문디자인 노블애드
경영지원 양정열

출판등록 제2021-000085호
주   소 경기도 용인시 기흥구 연원로42번길 2
전   화 031-890-2004
팩   스 031-890-2005
전자우편 sundaypoet@naver.com
블 로 그 https://blog.naver.com/sundaypoet

ISBN 979-11-92732-03-9 (03810)

값 12,000원

그래,
라일락

가야 한다
가는 길에 무엇이 있든 간에

| 차 례 |

1부 이인삼각

4부 날개

1부

이인삼각

네 발목에 묶여 살고 싶었다

저글링을 하다

내가 던지고 내가 받는

쌍욕이다

네가 던져도 내가 받는 모욕이다

돌리고 돌리고 돌리다 보면

칭찬 같은 치욕이다 일출에서 일몰까지

어느 고리에 내 모가지를 걸어야 할까

망설이는 순간이 무덤이다

무덤인 줄도 모르고 파는 우물이다

아나, 마셔라!

바가지째 들이켜는 굴욕이다

대머리를 가리려고 쓴

민머리 가발이다

석류와 석류

씨 하나가 말 한마디씩 다 해야 석류 머리 터진다네

아홉 번째 열두 번째 씨앗도
오늘내일 오늘내일 오지 않는 미래가 궁금하고

하나같이
울며 왔다 울며 가는 사람
살아 움직이는 것은 원수처럼 붙어 서로를 오염시킨다네

알 알 알
이 세계는 단단하지 않다네
죽지 않을 만큼 쑤셔 박힌 폭탄

쩌억
벌리고 앉은 아저씨가
사람들이 비웃는
이유를 모르고 계속 가듯

이 붉음은 한목소리가 아니라네

하나의 역사 하나의 사연 하나의 중심 이건 싫다네

잠가 닫아
우리 위해 기도해도 아무것도 돌아오는 게 없듯

함께 햇볕 받고 자라도
우리 안의
근심이 모두 달라

천 가지의 표정과 한 가지의 얼굴과

같은 죄로 묶을 수 없다네
아버지의 아버지의 아버지가 될 수 없다네

너는
여자라서

빨강이 아니라서

알몸으로
조용한 모과 옆에 툭,

옳지

서정 없어도
시를 쓸 수 있는 마음으로
지구를
동네를

석류는 오로지 터지는 것이 목표이며
일인이거나
일당백이거나

골방에서 피를 나눈 형제니
자매니
근친상간이니

울고 싶은 대로 울었다

1
물소리가
벽지 뜯는 소리가

문턱에 있던
흰 실 한 가닥이
생각났다

사과 한 알을 아이 머리 쓰다듬듯
닦고 있었다

우린
너무 긴장하고 살아서 그래요

2
사과를 쪼개는 일보다
물병 뚜껑을 여는 것이 더 어려워졌다

3
이름이란,
어디에 있다고 말할 수 있는 게 아니었다
구름이
자기 그림자를 거두어 가듯

무릎까지 쌓이는 소리에
발이 푹 빠졌다

들지도 놓지도 못하면서 욕심만 늘었다

4
하얀 천과 하얀 색연필

무명으로 지은 베개에 머리 얹고 자면
아픈 데가 없어진다고 믿었다

사람들이 흩어진 후에

울고 싶은 대로 울었다

내가
입 다물면

돌이 소리 지를 것 같았다

동:백이

아침밥을 줄까, 꽃처럼

울고불고해도

아침뉴스에서 날씨 말하는 사람이

빨강은 좋은 색이야, 제가 말 안 한 게 있는데요

죽음은 변화의 가장 강력한 무기

역대 동백들의 사명

태연하게 피 납니까?

동백에서 동:백으로

어린애와 개는 정원 일에는 맞지 않대요, 그러니까

같이 죽지 않을래요?

오늘도 손님이 오실 건데요

지금은 경찰과 학교를 믿어야 해요

오늘은 날씨가 좋아도 권한 밖의 일들이

여태 떨어지고 있는 저들이,

어떤 춤을 추면 될까

오래 사는 것과 일찍 죽어 꿈에 오래 나오는 것과

손톱의 비명과
발톱의 완창과

쉿,

장미도 모를 일과
눈 여섯 개와

땅속의 발과 공중의 머리채와
오금과 등짝이

또 쉿,

이건

사랑이라고

사랑이라고

봄은 더 일찍 오고 가을은 더 안 오고

물방울이
발사
직전
생각이 무릎에서 말이 엉덩이에서

잘 가

발이여 천천히 감기고 있는 눈이여
이 삶을 집어치우고

후드득
피는 꽃
속옷 벗는 흰나비

절정이 손바닥처럼 구겨지면
몰락, 몰락
섬뜩섬뜩 목구멍에서 직통하는 찬물처럼

정신 바짝 차리고

이건

사랑 아니라고
사랑 아니라고

태아와 태아의 자세와 생긴 적이 없는 너와

나갈까 말까
알을 쪼다가

먹어 버린다 와서 껍데기를 뭉개고
너무 뜨거워 뱉어 버린다

마지막이라는 가장 뜨거운 말
개어 놓은
사람의 얼굴로

관광객 앞에서

아케이로포이에토

똥칠이 벽이 걸레가 얼굴이 일 초가 십 년처럼 피었다 질 때까지 그늘이 나무가 지도에서 아버지가 벌레가 발레를 입에 문 고기가 망설이는 모가지가 담겼다가 꺼냈다가 구겨진 뒤꿈치가 손과 발이 뭉개지는 중입니다 물속에 돌멩이가 너는 내가 쥐었다가 던졌다가 뜯고 붙이고 종이죽이 붉히고 밝히고 뺨이 똥칠이 벽이 울음이 주먹이 시작되지 않은 장면이 끝에서 흐려지는 것은 순합니다 오래오래 얼룩이 박자에 맞춰 춤이 집 없는 잠이 매일 밤 축축해진 이름이 흔들렸다가 뒤집혔다가 한 꺼풀 벗기면 한 꺼풀 너무 가까운 얼굴 지나 너무 인간이 인간을 쓸모는 쓸모를 움직입니다 똥칠이 벽이 변기가 막혔다가 뚫었다가 웃다가 터졌다가 시선이 혀가 잘 모르는 나라에서 보라고 있는 저기 보고 있는 여기 엇갈리고 번지고 뿌리가 머리가 벗어 놓은 시간이 잃어버린 아버지가 아무 데서나 구멍이 이 구석 아니면 다음 구석에 넷 중 넷이 깨지고 무너지고 이게 다 믿음이 이상하고 내 것 니 것 그런 게 어깨를 두 손을 더 많은 걸 오늘따라 진짜 진짜 진짜가, 위조지폐가 긴 기도시간이 인조잔디에 싼 오줌을 꽃과 곰보빵과 곰보와 빵입니다 무럭무럭 자라서 충성과 총성을 우주는 멀고 하늘은 계시고 뒷담화는 앞에서 얼굴과 얼굴을 대하여 어떻게 해서든 멍

때리기가 대세입니다 개 짖기도 아니고 불멍 물멍 산멍 왜 산타는 왜 낙타는 왜 현타는 여보세요 이런 것을 팔자라 할 때 아니다 예술이라 할 때 아니다 엉망진창 향도 없는 바람 아 진짜 인간이 아닌 사람 아닌 님 아닌 찐 찐입니다 사파리로 매직아이를 뵈는 것이 없어 오늘밤은 의도적으로 두루뭉술하고 뒤집어도 간장종지 맛도 검정 소리도 검정 사탕을 콩을 똥구멍에 외국에서 날아온 사탕처럼 절에서 공부하는 신부처럼 두부를 좋아하는 교정공무원처럼 킁킁 혀를 목을 눈알을 산불을 목탁을 반성문을 다시 똥칠이 벽이 두려움이 계절이 돌아와도 정말 정말 정말로,

대한大寒

왜 섰어?
그냥!
한잔했어?
엄니랑 아들은?
아까 전화했대!
뭔 전화?
아는 건 안다고 했고 모르는 건 모른다 했대 엄니가

소문 한번 빠르군,
날 콕 집어 죄를 물었을까

비의 삼등분

처마에서
밖에서

너를 이해하는 방법은

골격에 새긴 골절을 읽듯 번쩍

전 지구적 관심이 물에 쏠릴 때
비는
직선을 깨트린다

숨통을 조이는 것은 눈의 일
더 차가워진 시선

가슴과 머리를 동시에 겨냥하면서
귀와 코에
충격을

떨어져 나가
척박한 문장들
꿈쩍도 하지 않는 말들

비는 존재밖에 없어서
비는 비를
채워야 산다

주
르
륵

파종하는 시간

비의 그림자는 서 있는가
무너지는가
금을 긋고 있는 마음은 정직한가

나만
못 들어가는 법 앞에 선 기분으로

배회를 그치고
비를 교정하는 시간

비의 도움 없이는 비를 씻지 못한다
잃어버린 비를 찾지 못한다

아직 살아 있는 비

사람들이 몰려온다
기억이 생생할 때 기록해야 한다

수락폭포

제

팔자가 무덤 속 돌인데요,

강도 싫고 바다는 더 싫은데
물만 찾아다니래요

물도 많이 마시래요, 퐁당퐁당
입에 입을 붙이고

조용하면 무섭다 말하고
웃으면 헤프다 말해요

알아도 도울 수 없는 게 있고
매일 옷깃을 잡고 잠드는 사람도 있대요

이름이 먼저 떠오르는가요
얼굴이 떠오르는 건가요

사랑한다는 말을 들으면 더 깊어지는 흉터가
미워하는 사람 닮아 간다는 흉터가

여기에,

세상 베어 낼 성격도 아니면서
죄 없는 미간만 긁으면 물비린내가 나요

이마가 가장 솔직한 곳이래요
상처에 취약한 이마로부터 폭포가 시작되어요

길을 부를지 흉을 부를지 몰라요
저도 잘 몰라요

강도 싫고 바다는 더 싫은데
비는 좋아해요

시끄러운 것은 힘든데
폭포 옆에서 잠은 잘 자요

장마가 곧 시작이래요

팔자가 가려우면 비가 오래 내려요
더 거칠어진 성깔을 증명할 뿐이래요

우리 집에 성한 귀가 없다

귀는 너무 구식이어서

다른 건 잘하는데 체면과 관련된 일은 못하고
어제 들은 말이 귓구멍에 박혀 좋은 말이 들어갈 자리가 없다

귀와 귀가 뒤엉키고 귀가 늘어나고 귀는
귀를 복제하고
털었다

무거웠다 귀
모든 것들이 끼어드는 귀
도통 모르는 막

우리 집에 성한 귀가 없다
애써도
호강할 귀가 없다

오늘은 아들이 무선이어폰을 잃어버렸고

귀가 귀를 잃어버렸고

학교, 도서관, 집 외에는 아무 데도 안 갔는데

자는 엄마까지 깨워 세 번이나 찾아도
가장 큰 소리는 안 들리는 거다, 라고

말해 달라 말해 달라
입김이 폭풍우를 만들어 짠물을 들어 올릴 때까지
깨워도

세이암洗耳嵒은 천 년도 넘게 물에 잠겨 있지만
우리는 세수도 안 하고 종일 귀 생각만 하고

'나는 물에 빠져 죽을 귀가 아니다'
등 돌려 버려서 웅크려 버려서
선을 넘어갈 수가 없다

침묵은 귀가 하는 것일까 입이 하는 것일까
우리 집에 성한 귀는 없는데

밥이나 겨우 먹고 삽니다

최소한

1회전은 무조건 맞아라

명심해라

2회전은요?

계속 맞아라

그럼 상대는 더 기고만장할 텐데요?

너무 창피하잖아요, 나만 맞으면

3회전 30초만 남겨 놓고 딱 한번만 공격해라

왜 자꾸 의욕을 꺾으십니까?

넌 아무 생각 하지 말고 집에 가서 잠이나 푹 자라

맘에 들지 않겠지만,

전 맞기 싫습니다

힘을 모으는 법은 맞아 보는 게 제일 확실하다, 얘야

제발

싸움만은 하지 말거라, 얘야

신경神經

감나무에서 떨어진 것은
갈비뼈 다섯 대가 부러져
병원 침상에서 고양이 소리를 내고 있는 것은
잠시 잠깐 저승 쪽으로 돌아눕다가
불에 덴 듯이 깜짝깜짝 놀라 비명을 지르는 것은
저 가마솥 때문이다 장작불에 달아오른
신음 소리 때문이다
비명보다 빠르게 도망간 고양이 때문이다
쇄액— 쇄액— 저 날카로운 고양이
푹 고아질 고양이
가마솥을 할퀴는 고양이
관절이 아픈 고양이
시칠리아의 암소 시칠리아의 암소
시칠리아의 고양이
오늘도 뒤뜰에는
솥뚜껑에 큰 돌이 얹힌 채
푹 삶기고 있는 것은

구월

당신과 맞잡았던 손을 종일 봅니다

손금을 따라 모퉁이를 돌아가는 뒷모습이 보입니다

몽당숟가락처럼 배가 고픕니다

당신의 안부를 조금만 먹어도 될까요

흉터는 상처를 물고 놓지 않습니다

아직도 내게 주지 못한 손목이 있나요

어쩌자고 악수를 청해 오나요

벙어리장갑 같은 저 기억은

2부

물수제비

아무리 던져도 마음이 안 풀릴 때가 있습니다

마가렛 혹은 둘째

목격자도 없이 매일 죽는 지구처럼

정리할수록 쏟아지는 압정처럼

젊은 적이 없어서 늙을 수도 없는 돌멩이처럼

동전을 넣어 주면 침을 뱉는 주크박스처럼

죽는 것을 깜빡 잊은 유서처럼

첫째보다 먼저 태어난 둘째처럼

입동

피곤하면 자고
배고프면 먹는 건데

오늘은
좋아요, 라는 말처럼 아무에게도 피해 안 주는 말만 했습니다

7번 버스를 놓쳤을 때도
겁을 화라고 말하는 사람을 만났을 때도

엄마는
늘
제가 이해하기 쉽게 이야기해 주셨는데

영화 보면서 울고, 본 얘기를 남에게 해 주면서 또 울고
심지어 영화 볼 때보다 더 많이 우는데

어디 갔다가
안 돌아오는 어른들은 어찌 된 걸까요?

크게 추울 거라고 뉴스에서 말합니다
밤은 자신을 최대한으로 몰아붙입니다

모든 일이 안 풀리는 때가 있습니다
세상이 믿어 줄까, 하는 의심으로 잠 못 자는 날이 있습니다

그러니, 같이

1
아직

2
손을 털면
묻은 냄새가 떨어졌다

서로 미움이 있거든 죽을힘을 다해 화해하라고 말한 사람이
떠나든 남든 혼자만 잘 살지 말자고 말한 사람이

떨어졌다

3
거지 밥주머니 같은 가방을 열면
실감 난다

장례식장에 온 거지처럼
오늘 끝까지 냄새난다

어제 죽은 엄마를 조상이라 부르고 있다
조상 걸고 맹세하는 사람이 많아졌다

　4
고객이 꽉 찼다
고인이라는 말이 말끝에 발끝에 붙어 있다
날 위해 죽을 수 있나―
우리가 그렇게 낭만적이었나―

그러니, 같이
통곡할 시간이다

　5
이젠 주머니가 없다 이야기가 없다 밤이 없다

누가 개를
이모 집에 데려다 주나

6
술과
술과
고기와 고기를 주십시오

보를 낸 아이보다 느리게 주먹을 내는 일처럼
상가에 온 거지를 일단,

7
각방 쓰고 각자 살고
이보다 더 멀어지는 거

내가 된다는 것
아주 잘 알던 집으로 돌아간다는 것

화심

닿기만 해도 운이 트이는 배꽃을 지갑 속에 넣었습니다 아직도 별이 뜨면 슬프고 해가 지면 아프다 말합니다 한곳에 오래 있으면 발이 간질거립니다 무리에 어울리는 요령이 없는 내게 사건을 순서대로 적는 습관을 기르라고 합니다 바람은 제가 불고 싶은 대로 부는 것 같아도 힘을 다하고 정성을 다하고 있습니다 한쪽 발로 서서 풍경을 안고 있는 허수아비처럼 무엇이 되는 것이 아니라 무엇인 채로 있으라고 말씀하십니다

나비를 보다

1
왼쪽 날개는 벽에 오른쪽 날개는 문에

서로에게 기댄 채 겨울나는
비석과 묘에

최선을 다했는데
이렇게 금방 늙을 줄 몰랐던 사람 옆에

2
어머니는 아버지를 밀고
아버지는 어머니를 당기고

날개 돋친 듯
혀는 슬픔으로 유창하고

가난 신이 붙었는지
문만 보면 뜯고 싶은 아들이

3
내일은 무슨 일이 일어날지 모르니까
저마다
나비를 단속한다

이리 날아오너라

희망 좀 보자
이제는
더듬이를 비틀어서

4
무덤에도 표시를
숫자 매기고
주소가 생긴다

'완전히 죽었습니다'

신을 믿었던 이름 앞에 노랗게
핀
민들레도

무엇이든 해 보려고 엄청 애를

노랑의 부족은
최선을 다해 늙어

 5
나비는 살아 있고

 6
웃으며 왔다 웃으며 가자
업고 놀고

길어진 손끝을 짚어 가면

소년이

움켜쥐었다가 놓은 게 무엇인지
날개는 날개도
모르게

7
누가 누굴 도와주나요
비가 와도
불은 있으니

균형 잡고 친구 사귀듯

다가가 날개를
저만치 나비를
멀리서는 노랑을

우리 모두 포유류니까

선생님 말씀 잘 들으라고 배웠습니다
받아 적고
별표 치고
밑줄 긋고

하라는 대로
어제도 내일도 살았습니다

작은 발로 땅 딛고 크게 자라는 동안에도
마음 활짝 열고

어떻게 보이는 게 중요한가요
노는 게 중요하지요

손 짚어 가면서 코가 책에 닿도록

주름 하나 없이 매끄러운 정답을
미래가 없어 죽지 못하는 미래를

알약 다섯 개를 하나씩 다섯 번 삼키면 안 되나요
공간은
세상에서 가장 큰 함정이란다

인간의 얼굴을 빌려
질긴 오류로

달아도 달고 쓴 것도 달고

엄마는 엄마를 걸고 아이를 키웁니다
아이는 아기를 낳지 않습니다

베개는 망가지고

박진감
긴장감
두 번째 얼굴 세 번째

나아갈 때

'나는 나를 잘 몰라요'
공간을 갈라 헤치는 목소리를

그녀의 얼굴에 손을 대고

우리 모두 포유류니까
허물없이
먹여 살릴 식구가 다섯이니까

이 도시엔 균형이 있다

모든 것 다 넣어도 햇살 한 줌 못 넣는 귀 있다 귀 하나에 돌 하나 있는지는 알고 돌 하나에 귀 몇 개인지 모르는 내 귀에 돌 있다 나이처럼 딱 붙어 있다 한 돌 두 돌 생일처럼 나이테가 있다 물고기가 있다 돌이 작은 물고기는 눈으로 먹이를 찾고 돌이 큰 물고기는 귀로 먹이를 찾는 능력이 있다 나는 물 밖에 있다 늙은 귀가 있다 들을 것이 너무 많이 있다 듣기처럼 싫은 게 또 어디 있나 나도 사람이니까 바로 들을 수도 있긴 하지만 그걸 막는 욕심이 있다 돌을 처음 사용했던 사람처럼 내일 날씨를 몰라도 되는 계절처럼 집도 절도 내 안에 있다 미수에 그친 일들이 구석과 욕이 되어 있다 돌은 내 것인데 소리는 내 것이 아니다 미치거나 전설이 된 사람은 크고 분명하게 자기 안의 소리를 듣고 들리는 대로 살아간다 대화는 소리를 듣는 것과 다르다 진실과 대가代價 사이에 자리한 연륜이 있다 한번은 반사하고 한번은 흡수하고 진짜 둘도 없는 곳이 여기 있다 돌도 늙어 있다

해칠 의도가 없습니다

이렇게 많은 영웅이 모이면 폭설입니다 성姓이 같으면 뜻도 같습니다 하얗다가 희다가 어제 구해 놓고 오늘 죽인 가짜는 정말 진짜입니다 나라가 아무리 커도 우리는 나란히 가야 합니다 돌격입니다 말만 들어도 이가 시린 아첨입니다 선봉입니다 머리가 크니까 친구인지 적인지 모르겠습니다 올 사람이 다 오면 문 닫겠습니다 난세입니까 그렇다 하면 믿습니다 데려간 사람이 모르면 누가 압니까 인상 써도 겁 안 납니다 소매를 걷으면 본보기가 됩니다 옆구리가 없는 사람은 필살기도 없습니다 어느 게 제 손인지 모르겠지만 똑같은 실수는 반복하지 말아야 합니다 해의 마지막입니다 그러니까 축복입니다 팔은 두 개지만 다리는 여덟 개입니다 한자로 써야 이해됩니까

무기가 아닙니다 양심도 아니듯 왜가리처럼 한 발로 선 이유입니다 이 방법이나 저 방법이나 초상난 장소에서 벗어날 길은 모르겠습니다 천사가 있다면 땅을 믿겠습니다 나란히 창문과 출입문을 통과하는 빛은 믿을 수 없습니다 우리는 웃지 않습니다 조심하고 또 조심하고 모범으로 삼을 옆구리를 아낍니다 구두 한 짝이 벗겨져도 앞으로 나아갑니다 여러 해 동안 아이 하나를 사흘

동안 굽어보는 이름이 있습니다 돌멩이처럼 옷을 벗고 다용도로 쓰이는 불행한 글자의 끝을 생각합니다 날마다 한 무덤에 가서 정신 차리는 아들을 질긴 인대로 묶어야 합니다 이런 풍경을 보는 데 익숙지 않아서 혀 속에 상징 문자 넣었습니다 말하기는 쉽지만 행하기는 어렵습니다

이월

딸 셋 중에
저, 상주 중에

누가 가장 크게 울까요

장녀도 아니고
차녀도 아니고

막내도 아니고

가장 가난한 딸이 젤로 크게 웁니다

약사암

거기 앉아서

남해에도 가고
통영에도 있는

솔가지 배꼽에 얹어 외할아버지 흉내 낸다

약은 말을 아끼는 것,
미동도 없이 상해 가는 돌부처

부디
터진 속까지 읽어내는 독자처럼
물이 설탕에 젖어 들듯이

오, 우주의 고삐를 잡아
이마에 꽂은 한 방울의 침鍼

순자는

웃는다
가던 길 계속 걷듯 웃는다

남해에도 있고
통영에도 있고

복 한 그릇 내려놓으며

'내는 무당 아니다, 스님이다'

괜찮다 외갓집 무당 많은 거 우리가 모르나
공양미 옆에 봉투 하나 몰래 놓고

외갓집 된장에 묵은지 꺼내
척척
밥 비벼 먹고 나면

남해 삼동면 강 씨 종친회하듯

외갓집 얼굴들이 보고 싶어서

외할아버지 소리 함 내 봐라
울 엄마 흉내 함 내 봐라

말할 때 꼭 착하게 굴 필요는 없어요

그래도 사람들은

꼭 물어보죠
오늘 하루는 어땠느냐고

벽 먼저 그리면
그냥
칸 채우는 거예요
빈방처럼 손님이 매일 바뀌는 거예요

돌은
풍경에 맞선 덩어리

야성은 보는 게 아니라 인지하는 거예요
한 개의 인간이거나 한 명의 돌이거나

보세요 미래입니다
뒤통수를 중심에 두고

신선한 것처럼

어차피 다
,공예품

오늘 어땠어요?
아주, 생산적이었지요?

얼음 위의 나체인가요 지금 살아 있을까요
스치기만 해도 갈라지는 비늘이

몇 년 못 잔 사람처럼
물속에 있어요
어떤 거짓말이 물에서 튀어나올 것인가요

눈꺼풀을 들어 올려도 똑같이 비천하고
미덕에 침 뱉는 족속의 이마를
응당

긴장이 풀리면 얼음이 지나가면
진전이 있어요

그늘에서 보든지
빛에서 보든지
저마다 벌 받지 않고

그 돌은 물 밑에서 무엇을 할까

가가呵呵는 가가呵呵

 말끝마다 말하다 말고 말하기도 전에 말보다 많이 한 바닥 한 줄 웃겨서 안 웃겨도 정이라고 아니 예의가 아니라고 아니 정 맞다고 아니라고 습관이라고 관습이라고 예부터 쉽다고 흔하다고 모르고도 아는 아는 것도 아는 다다익선은 좀 시시때때로 좀 가는 가가 쟤는 쟤 친절이라고 무성의라고 의미라고 무의미라고 뭐라고 가 가가 가가가 가가가가 개수도 모르면서 온 세상에 아이들도 할머니도 꽃 사진 뒤에도 슬퍼요 누르고도 가가 귀찮아서 기뻐서 티격태격 다음에도 어색해서 처음이라서 말할 수 없어서 이게 전부라서 기가 차서 비 온다고 눈 왔다고 배부르다고 들었다고 좋겠다고 띄어서 아니 마구마구 붙여서 발전도 방향도 없이 가가를 이만큼 저런 사례 축하한다고 반갑다고 맛도 멋도 아니라고 앞으로도 뒤로도 필사 필사적으로 기대도 이익도 없이 봄에도 겨울에도 잘 자라 잘 잤니 먹기 전에 먹고 나서 내가 더할 나위 없이 우정이라고 사랑이라고 어제는 맞고 오늘은 틀려도 손바닥으로 손가락이 하마터면 차례차례 나도 모르는 사이에 지방을 멀리 떠나 지방에 도착하여 그럼에도 불구하고

모란

 1
강둑에 앉아 낚시하다가
뭐라도 걸리면
우쭐해서
식구들에게 자랑하며 나눠 먹고 자랐는데

물고기를 실컷 잡아 놓고
풀어 주는 사람이
친구 하자고 다가오면

영 거슬린다 낚시를 재미로 하는 것이

 2
수도를 틀어
숭어를 씻는데
주둥이를 씻고 있는데

돈 받으러 온 남자가 수도꼭지를 잠근다

빚은 빚인데

숭어와 물을 들고 간다

파반느

음악을 크게 틀고 손목을 묶은 채 춤을 춥니다

우리는 발자국을 지우면서 뒤로 뒤로 걷습니다
캄캄하게……

짝짝이 구두를 파는 노인은 헐떡거리는 천식
날숨과 들숨이 껴안고 춤을 춥니다

오늘도 저 문을 열지 못하면 이 춤을 계속 추어야 합니다

녹슨 불빛이 비상구를 가리키지만
거기는

아가, 아가, 새아가……

나를 부르는데 목소리가 없는 곳

내 뒤를 밟는데 발목이 없는 곳

눈썹을 밀어 버린 태양이 어둠을 껴안고
저 문을 들어서면

나는 죽은 나와 손목이 묶인 채
복습합니다 어제 배운 죽음을

조문

달밤에 강에 갔다가 물에 비친 내 얼굴을 본다 노란 물에 비친 나는 호박琥珀 속 벌레 같다 아니 물속의 화석 같다 지금 나는 살았을까 아니면 이미 죽었을까 죽은 나도 나라고 할 수 있을까 무슨 사연이 있어서 물속에 들어갔을까 강물은 또 무슨 사연이 있어 나를 붙들었을까 얼마쯤 숨을 더 쉬다가 저 표정으로 굳어 졌을까 나를 기다리던 내 아이들은 어떻게 됐을까 얼마나 나를 부르면서 울었을까 누가 그 아이들을 달래 주었을까 뭐라고 달래서 재웠을까 나를 찾아 나선 남편은 어떻게 됐을까 얼마나 목이 쉬었을까 친정엄마는 몇 번을 기절했을까 친정아버지는 그런 엄마를 끌어안고 또 얼마나 오열했을까 시체도 없는 장례식장은 얼마나 허무했을까 얼마나 허전했을까 얼마나 안 믿겼을까 친구들은 무슨 말로 남은 가족들을 위로했을까 가족들은 또 무슨 말로 그들의 조문에 응답했을까 영정사진 속의 나는 물속의 저 표정이었을까 기억도 안 나는 어느 한때의 환했던 내 표정을 박제했을까 저쪽 기슭에서 잠을 깬 물새들이 푸드득거린다 나를 조문하던 나는 서럽게 운다 달이 쟁반째 들고 와서 종이 소주컵을 조심스럽게 내민다

3부

제3자

왜 저렇게 뛰어오는 거야?

우후죽순

격려를 해 줘도 모자랄 판에
기를 꺾는 겁니까?

솔직히 말씀드리면
콧대가 사람의 미움을 사는 건 아니라고 생각해요

번잡하고 쓸모없는 부분은 어디까지인가요

뼈도 없고 살도 없고
마음에 진공만 커 버렸는데

북풍은 언제 불어올까요

가르쳐 봐서 좀 아는데요
고향에서 배웠는데요

보기 좋은 게 제일 중요하고요
칼은

몇 개를 써도 못 이기거든요

단칼에 죽이지도 못하면서 쯧쯧

종일 기마자세만 시키더니
고결함이 밥 먹여 줍니까?

10대 1도 괜찮고 11대 1은 더욱 좋은데

싸움이 아니라
체면을 되찾는 것뿐입니다

말로가 어떻게 되는지 뻔해도
겁 안 나요

며칠 뒤에 다시 올게요

호적수

컵 세 개를
4배속 연속으로 돌리고 돌리면서

꿈 꼭 찾으라 말하는
적수를

신이 있는지 없는지
당겨 보면 안다는 연줄을

백 번도 내다 버렸다 말하는 속마음을

오락가락하는 골목을

누웠다 하면 가난이 흐르는 방향을

세 번 말하면 다 거짓말이 되는 참을

내시경

나도 모르게 튀어나온 훌륭한 말들은
돌아서서 성큼성큼 가 버립니다

궁둥이는 6월에 썩은 낙엽처럼 납작합니다
원고도 없이 얘기하는 말들이 방귀 새듯 픽, 픽 나옵니다

절반쯤은 살아 있다고 말해 주실래요?

음탕하게 가리키는 9시 방향으로 오줌보가 털썩 내려앉는 기분입니다
담요, 침대, 내 몸을 구분하기에는 더없이 좋은 날씨입니다

잠깐만요, 새장을 새장에 넣어 두고 집을 나왔습니다

새가 내 입에 있을까요 내가 새 입에 있을까요
이렇게 좋은 날을 살아서 본다는 것은 형벌입니다

왜 우리가 이렇게 서 있는 거죠?

물컹거리는 살집이 도랑 아래 죽은 개처럼 썩었습니다
머지않아 12시 반 기차가 들이닥칠 것입니다

천천히 시간이나 보내면서 먼지 속에서 웅크린 채
죽은 참새의 가치에 대하여 말씀드리겠습니다

쓰다듬으면 가만히 있네요

울 거밖에 더 갖고 나온 게 없는 사람이
성대가 어떤 음성도 내보내지 않게

엄마처럼
어쩔 수 없는 일들은
아무것도 깨트리지 말자

자장가 부른다고 어른이라면
알은 흩어지고
조생아들이 줄줄이

슬기로운 괴물이
서캐처럼 다가오겠지 털 다발 속으로
미리미리 대비할 우울만큼

구멍을 내 봐도 모르겠어요
상관없어요 고향이 바다랑 가까운 이름 같아서
입 구멍을 고래보다 크게 벌려도

거꾸로 돌릴 수 없는 업은 유쾌하지요
혀를 입천장에서 뗄 수 없는 것처럼 통쾌하지요

랄랄라는 나의 리듬, 좋아요
맞아요 아직도 울 수 있다는 거 말고 다른 계산 없어요

앞으로 나란히
알은 쓰다듬으면 가만히 있네요
내게서 뽑아낸 비명이 지구를 돌리네요

알 속을 들여다볼 수 없는 거 알면서도
다시 내 감정을 꺼내어 설명한 것뿐이에요

뒤돌아보지 않고
마음에서 멀리 도망치고 싶어도
상 바보처럼 앞만

이 죄 덩어리들을
이 불덩이들을

입천장에 딱 붙이고

모종의 일

사이다를 컵에 부으면서
말하네

재능 있는 사람은 스스로 올라온단다

뽀글뽀글
고집 그만 부리고

바닥에서 올라가는 기포

틀에서 뺀 각얼음 세 개를 넣으면
더

뽀
글
뽀
글

모종이 풀보다 크게 자라는 것은

달리기에서 백 미터 앞서 달려가게
키우는 셈이지

벌레나
새에게서
파 먹히지 않게

어릴 때부터
빽빽하게 배우는 중이지

피보다 진하게

자기 연민이
아무 몹쓸 병이라는 것을 깨달으면서

담판 짓는다면

발꿈치를 뒤로 돌려

지성의 쪼가리는 밟는 것
지나치게 찬양되는 천성을 팽이 치듯
비난을 선방하는 것

눈알 하나 땅에 떨어져 눈빛이 될 때까지
일 초 일 초
날카로워지는 일

서로를
만진다는 것은
밤의 바깥으로 튀어 나가게 하는
공포

가구들처럼 잡아 놓은
불안을

꽉 안아

방을 가로지르는 인내

알고리즘

좌대 위에 올라앉은 저
하얗게 질리는

짭짤한 침으로
개를 비유에 넣지 않아도

백 가지 진열된 뉴스에서 하나 뽑으면
아침부터 아침까지
발 거죽을 핥는 저

이것은히포크라테스선서를외울수있더라도경의를표할

구태여,

입구로도사용되는도살장뒷문에서

어느 손가락에 걸어 줄까
어느 모가지에 걸어 줄까 아 참, 이것은 저글링이다

아마존 강가에서
청기 올렸다 성기 잡는 저

동물이다 우리는 동물이다 동물의 반열에서 저
꼬리는 틀리지 않는다
일들이

아직 일이 아닌 것과
좀 더 일이 되는 것의
우리

아차, 아직 소문을 멈출 시간이 아니며
내 손을 네 손에 쥐어

발광충의 비행처럼 저
휴식도 없이 성한 데 없이

삼십 쪽짜리 소설이 완성된다
해부대 위에 먹잇감이 왔다

솜씨가 무뎌지지 않았구나
자루 하나 팔 밑에
도사리고 있는

우리는 우리 뒤에서 운다
아무 소용도 없이

미

그리다 망친 그림이다 생판 다른 그림이다 익숙해질 게 따로 있지 찾는 것이 숨는 것이다 백날 읽어 봤다 팍 찢어지지도 못하는 부적이다 구석구석

한 사람 한 사람 다 기계적으로 기도하고 '오늘 미사 끝났어요, 내일 아침에 또 있어요. 잘 데가 있어요, 어디로 갈 건데요?' 입은 모든 면에서 쓸모가 있다 동네를 뒤집어 놓아도

달마라도 만났나 그만 좀 일어나라 말 없는 전화가 계속 걸려 오는데 민낯도 없는 사람처럼 좋아좋아 음모론에는 반드시 누군가의 계략이 있다

진실을 모르는 멍청한 새 알지 뻐꾸기의 탁란 아무도 믿지 말고 너나 걱정해 저 균형은 거짓말이다 희망은 위험하다 우리가 이 자리에 없어도 된다면

조금 놓아 버리면 조금의 평화가 오고 크게 놓아 버리면 큰 평화를 얻을 것이니* 냉정하게 뒤집어도 나는 모방범이 아니다 유

일한 계승자다 가족을 위험에 버려두는 아버지는 없으니까

* 아잔 브라흐마(Ajahn Brahm)

오뚝이에게

주관도 주책도 없는 내가 여기 너무 많다

돼지머리를 놓아둔다든가
청취하지 않은 메시지가 있다든가

가정에 해가 되는 일은 하지 않기로 해요, 건강사회를 위하여
나라를 위하여

부모를 고를 수 없다는 건 참 슬픈 일

날 때부터 엉덩이에 무게중심을 잡은
뚝심과
균형은 다시 파괴되어야 한다

옆구르기를 하고 싶다든가
근성은
피를 거꾸로 보내기

나는 나를 뒤집어야 살 수 있다

대대손손
전신 갑주를 입은 끝없는 족보

머리가
너무 가려워 하늘로 튀어 오르고 싶은 내가 노랗게 있다

뻐

  사탕 물 단물은 매운 물로 고춧가루 물은 설탕물로 뺀다는 말은 정말 단순하네 거꾸로는 나의 전문 떫은 것은 식초로 빼고 기름은 왜 기름으로 빼나 꿈이 밥이고 떡인 것처럼 뺀다는 말은 정말 순하네 더한다는 말보다 이롭네 빨래 빨리 빨래 빨리 뿔뿔이 흩어지는 족속들 흩어져야 말리지 마르지 뿌리만 남은 쌍비읍들 잘도 돌아가는 저 집 사장님 이 얼룩 좀 빼 주세요 내가 없는 액자처럼 아버지 이 얼굴 좀 빼 주세요 지운다는 말보다 백 배 깨끗하네 뿌리가 하얗네 검은 머리 파뿌리 원인을 철저히 분석하고 연구해서 뿌리 뽑아 주세요

  머리부터 발끝까지 독설을 독약의 피를 귀신아 귀신아 머리 풀어라 밟으면 술술 풀리는 뿌리들 소리 내는 것은 죄다 근본 없는 것들 아직도 동물이고 짐승이고 아직도 지하는 밝아 뿌리의 명당 대중적인 면에 머리부터 콕, 이제 와서 버리라고 이제야 버리려고 문장과 이미지를 분리해도 그것은 그것 줄곧 백 년만 이상한 나라의 인공 뿌리 이건 젖 먹던 힘으로 뽑아낼 축복 뿌리처럼 보이기 위해 뿌리처럼 안 보이기 위해 우물쭈물 어쩌지 한 뿌리 몇 초가 남았으니 어지러운 착란 너무 서러우니까 너무

민다리

이무기는 우물 안에 있는데요
학교 종은 안 울리고
스카이콩콩 타고 계단을 콩콩
기억의 주름을 콩콩

이무기는 위험한 물건인가요
불가능한 세계인가요
왜요

잔치는 끝났고 다시 잔치
소풍 가기 싫은 사람 여기 모여서

우리는민족중흥의역사적사명을띠고
이무기를죽이러왔다
우리 집은 너무 머니까 데리고 갈 수 없죠

파 넣고 김치 넣고 먹을 수 없죠
한 사람이 가면 다른 사람도

전설은 발품 파는 일
이무기도 발품 팔아 여기까지

어항에 가둔 피라미가 생각나도
피식 웃을 수 없어요

내 앞에 어른이 있다 그 앞에 어른이 있다

우물 뚜껑 덮는 방식은 가발보다 쉬운지
콧구멍 두 개 빼놓고
다 거짓말

어린이는 다 알아요
보호하는가 감시하는가 오로지 거기에 있었으니
헤쳐 나갈 골목을 응원한다면
몸통을 꼭 차지하고

어떤 일이 있어도 절대 헤어지지 말자는 친구를

머리에 이고
씹던 껌을 두 번 나눠
예열 없이

털을 다 밀어 버린 뱀처럼 주저 말고
독기를 넘어

미소와 안녕으로

우리는 지금 이무기 뱃속에 있죠
이 신비가
끝에 이르면

독방에
이미 바깥이 지배하는 곳에

하평28

산 1번지와 땅 7번지가 바뀌어

낙동강에서 섬진강으로 바뀌어

학교와 새마을공장이 바뀌어

심야에 태어난 아이가 아버지 없는 아들처럼

상평통보 두 궤짝이 네 할머니 무덤 속에 있단다,

끝까지 기억하는 사람이 임자지

열녀비는 가문의 영광이란다,

이기면 왕이 되고 지면 역적이 되는데

내가 먼저 죽겠는데

생몰은 해보다 빨개서

연좌는 굴렁쇠보다 빠르게 굴러서

남명 조식과 동고동락하던 집안이야.

양반이 다 무슨 소용이래요, 관 없는 생무덤 앞에서

무연고 애기무덤에도 깐 귤을 던지면서

여기가 명당이야, 자꾸 무덤이 생겨나잖아

공평은 상평과 하평으로 나뉘어

놀면서 배웠어요, 마당을 둘로 나누는 것부터

하나 죽고

셋 죽고

합천에서 부산으로 부산에서 하동으로

불안의 본적이 자자손손 바뀌어도

넝쿨

순식간에 하늘을 가르고 가는 별 뒤에도 옛 별이 있습니다 해보다 먼저 뜨거나 늦게 지거나 저 혼자의 빛 여남은 개의 빛 이미 다 거쳐 간 후의 빛들 낮의 은총으로 나무가 자라고 빽빽이 들어찬 저 둥근 궤도를 따라갑니다 아무 생각 없이 올려다보아도 저절로 그림이 되어 있습니다 귀 기울이면 긴 더듬이를 가진 빛, 생각과 생각이 엎지른 빛, 발목과 발목을 잇는 빛, 보금자리라는 말이 쓸쓸해진 도시에 굶주림이라는 가장 서글픈 단어가 실시간 떠올라도 눈썹을 밀어 버린 어른들은 읽고 말하고 과거의 두루마리를 풀어 매일 베껴 씁니다 나무란 나무는 모조리 숲이 납작하게 쓰러진다면 양팔로 안아도 온기가 없어진다면 나풀나풀 먼지가 떨어지듯 별이, 오늘 밤 어느 쪽으로 결론이 나든 동은 틀 것입니다 엉성한 생각과 살아남기 위한 거짓말이 교묘히 엉켜 있어도 우리는 수유기 동안에 들은 노래를 찾을 수 있습니다

어떤 경우라도 나쁠 것이 무엇이겠습니까

맛은 입으로 배우는 음악
그러니까
먹을 때는 서당 개도 삼 년

지구라는 단어를
악보에 옮겨 적으면
파와 미가 된다
굶는 사람은 아무도 없어진다는 주문

밥은 전 지구적인 노래
도에서 도까지
공동의 박자

저 도시는
과식과 폭식이 유행이라는데

일 년 내내 합창하는 마을이 있다면
엎드려 읽을 책보다

더 재밌는 흥부가가 울려 퍼진다면

나는 밥 푸는 중이오
타는 중이오 금 나와라 은 나와라
귤보다 잘 팔리는 쌀이 되어야 한다

단순한 식물이 아니고
아끼는 그릇은 더욱 아니고

굳어진 손가락이
노동의 바늘을 내려놓을 때
오!

쌀눈이 터져 나가려는
힘으로
별 다섯 개

어떤 경우라도 나쁠 것이 무엇이겠습니까

밥이 앞에 있는데
모든 대답이 빠져나가도
우리는 노래로 전전할 수 있으니

입이 총구가 되지 않게
밥이 벽이 되지 않게

4부|

날
개|

아직은 추워 이불 덮어 주고 싶은데

복면

여섯 번째 진열대를 흔든다
지층이 흔들린다
즉흥인가 계산인가 조숙한 폭발인가

아이들이 줄 서서 빵 사고
괴물을 사고

마스크를 사고 해열제를 사고 바깥은 시끄럽고 이곳은 춥다

뼈 그리고 다음 뼈
냉정하게 보아도 저는 제 과거를 모릅니다
바코드 음을 밤새 이것도 노래라고

세상이 다 그래요
중간에 잘린 이야기들처럼

암호가 많은 동네에서
진실을 감추면서 평화 유지하는

저, 팔각 우산 속 악수

진열대가 위태롭다

복면이 전체 종을 위협하는 전대미문의 사건
나와라 가제트 팔
다리 본능적인 변신 노이로제

와장창
낭비는 하나에서 시작된다
아흔아홉과
백의 차이에서 갈라진다 한 개의 말이 한 개의 말 뒤를 예상하지 못하듯

그는 나를 본다
눈꺼풀 밑의 어두움으로 끌고 간다
다정하고 폭력적인
시간

날개와 다리 사이에서 진화를 멈춰 버린 어떤 종의 시대가
다가가는 것과 충돌하는 것과
초과된 일인과

경계도 없이
나는 아무도 아닌 게
마지막까지 아무것도 아닌 게

우회로 없이
바깥은 오직 바깥이

능소화가 피었다

부고가 담장 넘었다 벽에 불붙었다
벽 무너질 거 같다

귀가 벌겋고 아량도 없이
나발 부는
꽃

더 이상 허비할 게 없다고
비가悲歌를 꽃으로 가득 채우고

빈소의 문 여는 연극은 시작인가 달이 밝은데
아무리
아니라 해도

첫인상은 그렇다 초반부터 시끄러운 말
총총한 입

귀와 입은 동족이다 재미있다 완성이다

오늘은 당신 내일도 당신
순식간에 담장 덮는 그러나 한가로운 일이 아니다

본다 들었다 읽는다
진짜거나 가짜거나 확인할 바 없이
나의 활동에 대한 메타포가

싸울 생각 없는 나 앞에
무게도 잴 수 없는 가짜 뉴스가
능소화가 떨어지고 있다

의미 없는 설교가 쏟아진다
'들은 바에 따르면'

최신이다 놀라 벌떡 일어날 일도 없는 벽과

날조된 꽃
꽃,

너에게 경례하고
달리 무엇을 할 수 있겠는가

벽을 두들겼어요

귀가 빠져나온다 입이 삐져나온다

아주 조금의 소문들, 다른 더 작은 소문들
그래도 여전히 소문들

이 여름의 가장 나쁜 점이었다

그래, 라일락

셋을 세면
말투에 들어간 힘이 빠졌다

물고기 떼처럼
우리들이 몰려올 때

화병을 깬 아침에 와락

예언도
나쁜 징조도 믿지 않는다
독약이나 비방도

모두 우리
죽지 않는다

손수건으로 닦아 낼 수 없는 일들이
쏟아져도

그래, 라일락

따뜻하고 아늑한 구석에 라일락
어린아이로 등장하는 그 꿈에 라일락

꽃을 잃은 것이 아니라
꽃 이름을 잊은 것이라고

어른들은

뛰어다니고 안달하고 하찮은 말이나 해 대며
불신하고 서둘러도

꽃 피는 소리에
자다 깨는 사람들, 꽃 피는 소리를 귀신같이 아는 사람들
아,

치료되지 않은 이름을 아주 가 버릴 등 뒤에서

낡은 외투에 툭 떨어지는
아,

오래된 계절의 잠에서 깨어나
꽃의 흉터는 떨어져 그늘이 되고

사월의 무늬는 사월을 베낀다
세계가 사월이 된다
봄에 매장당하는

라일락이
막 울어도 되는

피자두

이야기 나누자 해 놓고

색맹인가 동맹인가 푸른 신호등

풋, 풋, 덜 익어도

어른이 실수하면 그냥 넘어가고

애들은 잘못 안 해도 매부터 들었잖아 용기 있게

때라도 묻힐까 봐 얼마나 애탔는데

생사람 잡아 놓고

콧노래라니

죽을 틈 없이 바쁜 당신께 돌려 드릴게

말려도 말려도 한 바가지 피

우울한 시대의 필수 아이템

모나미153

툭, 터놓고 말하면

궁지로 몰아넣은 건
모르는 것이 아니라 잘못된 확신이었다

만보는 걸음이 아니라 자기반성,

몇 걸음인 줄 모르게 걸어야
걷는다는 말이 쓴다는 말과 비슷하지 않냐고 내가 말했다

시집 위에 시집을 쌓아 놓고

날마다 좁은 길 하나를 지나간 것처럼
너 만보 걸을 때 나 만보 쓰고

아프지 말자는 손등을 만지는 말
한 바닥,
세탁한 운동화에서 떨어진 물의 얼룩

무턱대고 걷다가도
길의 맥을 짚는다 저기, 꽃으로, 얼굴로, 무거운 심장으로
의심 들지 않게
나는 나의 본성을

방랑 기질이 쓰고 방황으로 걷는다
장단 맞춰
사라지는 뒷배경을
종이 위에 써 놓고 잠든 사고의 가닥을

이제 너를 만나지 못할 것이다
불어난 발등에 구겨 신은 신발처럼 오래

입에 침이 고이게
묘사하던 그때를 껍질 벗겨진 뒤꿈치처럼
문대 버릴 것이다

내가 전혀 수박 잊고 있을 때

속 깊은 사람과 마음 넓은 사람이 오래 버티는 이야기를 한다면 천불을 통으로 먹어 백날 물을 달고 살아가는 수박 같은 이야기는

지원도 격려도 없이 이다지도 초라한 무기, 반도 못 갈라 젓가락을 끝까지 쑤셔 넣은 채로 내가 전혀 수박 잊고 있을 때

빚 많은 사람이 습관적으로 줄무늬를 세는데 어디부터 시작했는지 까먹고 마지막으로 박수 받은 때가 언제였는지 귀를 대본다

딱 봐도 자수성가할 타입은 아니다 노파심은 대낮도 환해지는 심성, 수박은 더 이상 육탄이 아니다 슬겅슬겅,

게으르게 톱질하는 악몽들이 전진한다 타고났다는 말이 대책 없이 퍼진다 아아 먼저 맞는 머리채는 알몸보다 억울하다

사연이 산 채로 바닥에 있는데 이 바쁜 중에도 굴러왔다는 일장 연설을, 목마른 사람 다 내게 오라 너그러운 용광로가 열리는데

이력 많은 사람과 한 우물만 판 사람이 자기소개서를 쓴다 색맹이 좌에서 우로 온다 밑동을 털어도 이야기는 파랗다

뭐, 예술은 모르겠고 흥행이나 합시다

통일이 말로 다 됐으면 100번도 됐겠지요 기차가 지나가면 흔들던 손도 사라졌고 기교만 남아 입만 열면 뺨 때리는 소리는 낼 줄 알지만 배역을 잡아먹은 배우가 되라니요 헉,

초인종을 누르고 도망가는 아이처럼 재빠르게 떨어진 벚꽃이 쓰레기 같다는 사람과 어떻게 한솥밥을 먹나요 붕어빵이라는 말도 이토록 구역질나는데

밑창이 벗겨진 신발 때운 이도 아침에 떨어졌는데 세탁소 도장은 한 번만 더 찍으면 무료인데 세탁기 안에 있고요 5시가 되었으니 아이들은 집으로 가야 해요

코앞이에요 직장이 마치 세상이 바뀔 양 밤새도록 이야기할 필요도 없고요 없어져도 그만인 게 널렸잖아요 평생 입어도 될 만큼 유행 안 타는 원피스처럼 또 두통이 와요

냉정함이 뭔지도 모르는 사람처럼 무관심이나 감상에 젖어 있는 건 아니라 생각해 줘요 영화 좋아해요 예, 하지만 영화에 관해

잘 아는 건 아니에요 숙제예요 그래도 안 할래요

　월드컵도 아닌데 와, 하니까 깜짝 놀랐어요 티를 전혀 내지 않았더니 이 세상에 나쁜 사람은 없다 말해요 먹이도 못 받는데 필사적으로 쇼하는 코끼리는 어떡하죠, 저 열정

꽹과리가 걸려 있네

아무리 싸우지 말자 노래 불러도
자면서도 똬리 틀 창자 같은데
태초에 꼬인 이름 같은데
의심하지 말라 하네
텅 빈 저,
궁핍의 원수
배를 갈라서라도 애인을 공부하라 하네
얼굴이 발목 보듯 깍듯이
숲이 그립다면 숲으로 가고
바다가 좋으면 바다로 가는데
밤은 밤이 되고
무엇이 밥이 되는지
늙은 꽹과리가 계속 걸려 있네
우러나는 소리 없이
탄생신화도 마술 지팡이도 필요 없다 하네
빛나는 딸랑이처럼
선두에 선다는 건 머리에 부는 바람,
정신을 빼놓고 살면 안 된다 말없이 말하네

먼저 뛰어나가 다투기 싫었는데
노래가 아니라 세뇌였다 하네
네 주인이 누구고 어디 있느냐 묻지 말자 하네

화환

얘야, 말이 많은 사람은 하는 일이 적단다
남의 말로 밥상머리를 어지럽게 하면 안 된다

착한 사람이 좋다 해 놓고
너무 착해서 싫다 한

엄마가 저기,
목 빠지게 서 있다

우리는 천성적으로 착한 사람이어서
3단 화환처럼

북돋아 주고
칭찬하고
관계가 무너지지 않도록 시키는 일만 잘하면 돼

되팔거나 재사용하지 않았다는 믿음직한 화환이
사흘째 서 있다가

살짝
중심을 잃었을 뿐인데
화환이 왼쪽으로 넘어진다, 전부 다

이 세상은 약한 쪽, 약한 쪽으로 싫은 일이 흘러가는 거야,
라고
엄마가 꼭 말하는 거 같다

파문

동
동
동

셋 세고
찍습니다

셋,

얼굴 속에 떨고 있는 얼굴이
흰 잠옷을 입고

쪼글쪼글

저,
찬송가 좀
돌림노래 좀

뇌를 파먹는 아이가
죄를 못 느끼는 아이가

천장에
주인의식이 죽어서

낯설지 않고 홀로 있지 않고

저렇게 설치면

오줌 싼 이불은
불탄 집은

내일 일은 난 몰라요, 하루하루
살아요 나도

셋 세고
찍습니다

하나,

조그만 돌이
무심결에 던진 말 한마디가
역풍이다

무엇보다 언행에 주의가 필요한 날입니다

혹시나

순간의 기분을 참지 못하여
자아를 잃고
폭발하게 된다면

당신이 생각했던 것보다
그 여파가 커질 수 있습니다

화가 나도 모든 것을
가슴속에 묻어 두고 삭이는 것입니다

이점만 기억하면 귓갓길에는 미소가

둥
　둥
　둥

얼굴이 깔고 앉은 얼굴이
물속에 가라앉은 잠이

훨훨

소매에 있는 별을 오려 가슴에 달았습니다

단추를 눈이라고 말합니다

사방을 보지 않아도 발아래 떨어져 있는 것은 가깝고

안타깝습니다 기어코 날고 싶어 바람을 빌리는 것은 더

꼬리는 점점 가벼워집니다

중심을 버리고 싶은 날이 옵니다

서식지를 바꿀 때가 되었습니다 머리를 북쪽으로

웅얼웅얼

때가 되면 폐기되는 사탕들의 단맛은 어디로 사라지나요

떠날 자리를 알아야 어른이라는 말은 누가 먼저 한 말인가요

주머니를 오려 나비를 만들었습니다

가면은 도둑맞고

걸친 옷은 벗고

내가 밤일 때 당신은 낮이고 네가 바다일 때 나는 산이지만요

저편에서

메아리도 잠들었는데

아직은 추워 이불 덮어 주고 싶은데

도대체 다 날개는 무슨 소용일까요

달의 표정

단어의 뜻은 항상 늦거나 이미 죽었거나 나의 사전은 언제나 찢어진 입

두려움
등 뒤에서 두 손 빌며 부는 어린 바람
안개
낮잠 자는 개에게 수면제를 먹인 상태 또는 그런 행위
개구리
숨바꼭질을 좋아하는 내 발바닥
달의 찢어진 입
말을 더듬는 물고기 입을 가위로 자름
자살
몰라도 되는 일에 대한 호기심
허기
구멍 난 올빼미의 눈

슬픈 혀가 하얗게 날아오르다

전성욱(문학평론가)

슬픈 혀가 하얗게 날아오르다

나는 이 시인의 첫 시집에서 만났던 다음 구절을 또렷하게 기억하고 있다. "미친 소리도 알고 보면 말이 된다는 것과, 듣자 하니 이건 전부 당신 사정인 것과, 아직도 어른은 무슨 생각을 하는지 잘 모르겠다는 것과"(「데글라세 조리법」, 『엄마는 나를 또 낳았다』), '어른의 세계'는 조리 정연한 이해타산의 논리와 엄격한 규범을 요구하는 완고한 하나의 체계이다. 그것은 무엇보다 소통 가능한 '언어의 질서'로써 구축된 세계이다. 따라서 어른의 말을 배우고 익히며 따르는 것이 곧 그 체제에 순응하는 일반적인 수순이다. 바로 그 어른의 언어를 통해서 가족과 학교는 아이를 어른으로 만드는 데 결정적인 역할을 한다. 그러니까 한 국가의 충량한 일원, 즉 국민을 길러 내는 데에 아버지나 선생의 역할이 참으로 막대하다.

나이가 들어도 어른의 말을 도저히 납득할 수 없는 사람들이 있다. 아이가 어른으로 되는 데에는 모종의 폭압이 작용하는데, 규범화의 폭력이 그것이다. 요컨대 아이는 어른들이 가르쳐 주는 말의 어법을 배우고 따라야 하고, 그것을 따르지 않으면 단죄된다. 그렇게 죄와 벌의 규율 속에서 대부분의 아이는 아버지와 선생의 말을 따르는 사람으로 자라지만, 그 폭력의 부당함에 예민한 아이는 자꾸 어른의 말에 저항한다. 그래서 그들의 말은 온당한 언어가 아니라 '미친 소리'라고 비하되거나 무시될 수밖에 없다. 시인이란 어떤 사람들인가? 그들은 어른들과의 타협 없는 불화 속에서 자기의 그 미친 소리를 하나의 당당한 말로써 떠들고 외치는 사람이다. 어른에게 당한 폭력을 예민하게 기억하는 사람, 그 폭력에 끝내 굴복하지 않으려고 미친 소리로 발악하는 사람, 석민재는 마침내 그렇게 시인이 되어 버릴 수밖에 없었던 사람이라는 생각이 들었다.

어른의 세계에 응대하는 그 반란의 양상에 있어서, 이 두 번째 시집은 첫 시집에서보다 한층 격렬하고 깊어진 느낌을 준다. 첫 시집에서는 말의 장난으로써 어른들의 어법에 어긋장을 놓는 소심한 반란이 유독 잦았다. 예컨대 나폴레옹과 레옹을(「저건 나폴레옹이야」), 난자와 닌자를(「마카로니웨스턴」), 발기부전과 부전자전을(「액션」), 팔자 핀 것과 활짝 핀 것을(「스위치」), 모태신앙과 못된 신앙을(「이렇게 많은 기형은 처음입니다」), 반항과 방향을(「고등어」), 사탄과 사탕을 (「개 좀 빌려 줘 봐」)과 같은 말놀음이 그랬다. 그것은 음성학적 유사성을 통해 의미론적 동일성의 논리를 교란하는 일종의 소박한 저항이었다. 유사어의 대구에서 만들어진 리듬과 더불어 통사론적인 차원에서도 그 시어들은 나름의 유기적인 질서를 구축하고 있어서, 언어의 의미 그 자체에 대한 불신의 강도는 비교적 세지 않았다. 그러나 이번 시집에서도 역시 '쌍욕, 모욕, 치욕, 굴욕'(「저글링을 하다」)과 같은 언어의 유희가 보이긴 하지만, 그 비중은 눈에 띠게 줄었고 통사론적 규율을 깨트리는 의미론적 단절과 이미지의 비약은 한층 우심(尤甚)하다. 이번 시집에서는 죽음에 대한 자의식이 더욱 짙게 배어 있다는 것을 알 수 있는데, 아마 그것이 그런 변화에 어떤 영향을 미치지 않았을까 생각해 본다. 차안의 세계를 이탈하는 자살로서의 죽음보다 더 강력한 현실(체제)에 대한 원망과 비판이 있을까. 그러므로 "죽음은 변화의 가장 강력한 무기"(「동:백이」)인 것이다. 엄마의 죽음을 슬퍼하기도 했지만, 무엇보다 자기의 죽음에 대한 그 서늘한 응시야말로 이 시집의 유력한 태도이자 징후인 것이다.

　가족은 내가 태어난 자리이기도 하지만 동시에 폭력이 기원하는 역설의 자리이다. 그것은 생명을 낳았지만 삶의 활력을 빼앗는 가장 사악한 체계이기도 한 것이다. 징글징글한 피의 계보 속에서 당해야 하는 그 약탈의 고리를 끊을 수 있는 것이 죽음이었다면, 그 삶은 얼마나 절실하고 또 절박한 것이었을까. "빨강은 좋은 색이야, 제가 말 안 한 게 있는데요// 죽음은 변화의 가장 강력한 무기"(「동:백이」) 빨갱이가 뿔 달린 괴물처럼 여겨져 온 나라가 아니더라도, 붉은 핏빛의 빨강은 분명 공포의 색깔이다. 피로 엮인 질기고 질긴 가계, 그 혈연의 빨강을 함의하는 가족의 공포는 동백꽃과 석류와 장미로도 드러난다. 석류는 무엇보다 빨강이며 씨앗이다.

> 이 붉음은 한목소리가 아니라네
> 하나의 역사 하나의 사연 하나의 중심 이건 싫다네
>
> 잠가 달아
> 우리 위해 기도해도 아무것도 돌아오는 게 없듯
>
> 함께 햇볕 받고 자라도
> 우리 안의
> 근심이 모두 달라
>
> 천 가지의 표정과 한 가지의 얼굴과
>
> 같은 죄로 묶을 수 없다네
> 아버지의 아버지의 아버지가 될 수 없다네

너는

여자라서

빨강이 아니라서

—「석류와 석류」 부분

  "천 가지의 표정"(차이)을 "한 가지의 얼굴"(동일성)로 환원해 버리고 마는 우악스러운 것이 바로 가족이고, 그 가부장으로서의 "아버지"이다. 아버지에서 아버지로 이어지는 가부장의 계보는 아브라함에서 시작해 이삭, 야곱, 유다로 이어져 예수그리스도에 이르는 그 유일신교의 족보가 기술된 성경과 마찬가지로, "여자"의 존재를 철저하게 배제한다. 그러므로 석류란 씨앗의 파종자로서 "아버지의 아버지의 아버지가 될 수" 있는 바로 그 단단한 적색(혈연) 동맹의 상징인 것이다. "알 알 알/ 이 세계는 단단하지 않다"고 했지만, 그 각각의 하나들이 모여 유일한 하나가 되면 그것은 단단하게 발기한 페니스처럼 막강한 사정(射精)의 역량을 발휘하게 된다. 피 나듯이 피어나는("태연하게 피 납니까?",「동:백이」) 동백꽃처럼, 생명은 그 사정권 안에서 "장미도 모를 일"(「어떤 춤을 추면 될까」)처럼 새빨갛게 피 흐르듯이 태어난다. 빨강의 사정권이 미치는 혈연의 테두리 안에서는, 마치 발사 직전의 물방울과 같이("물방울이/ 발사/ 직전") 혹은 나갈까 말까를 망설이는 알 속의 생명이나 태중의 생명과 같이("태아와 태아의 자세와 생긴 적이 없는 너와// 나갈까 말까/ 알을 쪼다가", 「어떤 춤을 추면 될까」), 이 세상으로 태어난다는 것이 지극히 불안한 것이다.

　"부모를 고를 수 없다는 건 참 슬픈 일"이고 "대대손손/ 전신 갑주를 입은 끝없는 족보"(「오뚝이에게」)가 징그럽다. 자기를 그 족보에서 빼 달라고, 제발 뿌리 뽑히고 싶다고 아버지에 아무리 애원한다고 해도, 저 붉음의 무리 속에서 결코 빠져나갈 수가 없다. "내가 없는 액자처럼 아버지 이 얼굴 좀 빼 주세요 지운다는 말보다 백 배 깨끗하네"(「뼈」) 이처럼 피는 스스로 선택할 수 없는 것이고, "불안의 본적이 자자손손 바뀌어도"(「하평28」) 절대 거부할 수 없는 것이기 때문에, 가족이라는 그 숙명의 무게는 무겁다. 이 시집의 여러 시편들에서 보이는 '돌'이 바로 그 숙명의 무거움과 함께 내리누르는 것의 사나운 힘을 가리킨다. "오늘도 뒤뜰에는/ 솥뚜껑에 큰 돌이 얹힌 채/ 푹 삶기고 있는 것은"(「신경(神經)」)이라고 한 것처럼, 돌은 내리눌러 삶아 내는 위력이다. 그래서인지 자기가 입을 다물고 있으면 "돌이 소리 지를 것 같았다"(「울고 싶은 대로 울었다」)고 두려워하기도 하는 것이다. 이처럼 "돌은/ 풍경에 맞선 덩어리"(「말할 때 꼭 착하게 굴 필요는 없어요」)이기도 하고, "조그만 돌이/ 무심결에 던진 말 한마디가/ 역풍이다"(「파문」)고 할 만큼, 그것은 평온치 못한 어떤 것으로 그려지고 있다. "젊은 적이 없어서 늙을 수도 없는 돌멩이처럼"(「마가렛 혹은 둘째」)이라거나, "돌도 늙어 있다"(「이 도시엔 균형이 있다」)는 표현을 보면, 그것은 청춘이 결여된 사람, 즉 아버지를 가리키는 것일 수도 있다. 또 "그 돌은 물 밑에서 무엇을 할까"(「말할 때 꼭 착하게 굴 필요는 없어요」)나 "물속에 돌멩이가"(「아케이로포이에토」)라는 구절에서처럼, 특히 돌과 물의 만남은 예사롭지가 않다. 그것은 "세이암(洗耳嵒)은 천 년도 넘게 물에 잠겨 있지만"(「우리 집에 성한 귀가 없다」)과 같은 구절에서도 마찬가지다. 그러니까 성난 페니스가 여자의 축축한 그것 속에서 끝내 기세를 꺾고 마는 것처럼, 단단하고 모나고 투박하고 무모한 그 돌의 악력을 누그러뜨리는 것이 '물'이다. 이 시집에서 돌만큼이나 물의 이미저리가 빈번하게 등장하는 이유가 바로 그 때문일 것이다.

물은 생명을 태어나게 하고 또 살아가게 한다. 물은 더러운 것을 씻기고 뜨거운 것을 식힌다. 물은 지세(地勢)를 따라 흐르고 그릇의 모양에 맞추어 담긴다. 그래서 옛 사람은 상선약수(上善若水)라고 했다. 피는 물보다 진하다고 했지만, 그렇게 진한 피를 묽게 만드는 것이 물이다. "목마른 사람 다 내게 오라 너그러운 용광로가 열리는데"(「내가 전혀 수박 잊고 있을 때」) 이처럼 그 속이 피처럼 붉은 수박은 그 단물로써 쓰디쓴 삶의 삭막함을 시원하게 적신다. 그러므로 물은 저 공고한 혈연의 공동체, 견고한 적색 동맹을 와해시킬 수 있는 지고의 힘인 것이다.

"전 지구적 관심이 물에 쏠릴 때/ 비는/ 직선을 깨트린다"(「비의 삼등분」) 직선의 우악스러움은 물의 유연함을 결코 당해 내지 못한다. "무덤 속 돌"과 같은 사나운 "팔자"(숙명)의 무거움도 무중력의 물속에서는 그 무게를 내려놓을 수밖에 없다.

> 팔자가 무덤 속 돌인데요,
>
> 강도 싫고 바다는 더 싫은데
> 물만 찾아다니래요
>
> 물도 많이 마시래요, 퐁당퐁당
> 입에 입을 붙이고
>
> ─「수락폭포」부분

돌의 무게, 그 피의 숙명으로부터 헤어나려면 물을 가까이 해야 한다. 온당하고 지당하다는 어른의 말씀들, 사나운 아버지의 온갖 명령을 들어야 하는 피로하고 아픈 귀를 씻기는 것도 역시 물이다. 세이암의 그것처럼 귀를 씻어 내야 한다. "모든 것 다 넣어도 햇살 한 줌 못 넣는 귀 있다 귀 하나에 돌 하나 있는지는 알고 돌 하나에 귀 몇 개인지 모르는 내 귀에 돌 있다 나이처럼 딱 붙어 있다 한 돌 두 돌 생일처럼 나이테가 있다 물고기가 있다 돌이 작은 물고기는 눈으로 먹이를 찾고 돌이 큰 물고기는 귀로 먹이를 찾는 능력이 있다 나는 물 밖에 있다"(「이 도시엔 균형이 있다」) 속에 돌이 박혀서 햇살 한 줌 넣을 빈틈이 없는 꽉 막힌 그 귀를 씻겨 내야 하는데, "나는 물 밖에 있다"고 한다. 그러므로 '나'에게는 가뭄의 단비와 같은 물이 절실하다.

> 말해 달라 말해 달라
> 입김이 폭풍우를 만들어 짠물을 들어 올릴 때까지
> 깨워도
>
> 세이암(洗耳嵒)은 천 년도 넘게 물에 잠겨 있지만
> 우리는 세수도 안 하고 종일 귀 생각만 하고
>
> '나는 물에 빠져 죽을 귀가 아니다"
> —「우리 집에 성한 귀가 없다」 부분

얼마나 간절했으면 이처럼 입김의 폭풍우로 짠물을 기원할 것인가. 성한 귀가 없는 이 집에는 귀 씻을 물마저도 없다. 그러니 물 밖의 '나'는 물속으로 뛰어드는 수밖에, 물에 빠져 죽을 귀가 되는 수밖에 없다. "지금 나는 살았을까 아니면 이미 죽었을까 죽은 나도 나라고 할 수 있을까 무슨 사연이 있어서 물속에 들어갔을까"(「조문」) 자기의 빈소에서 스스로를 조문하는 '나'는 그 터무니없는 역설 앞에서 "영정사진 속의 나는 물속의 저 표정이었을까"를 궁금해한다. 물속으로 뛰어들어 스스로를 죽임으로써만 그 돌의 무게에서 벗어날 수 있다는 역설이 너무 쓸쓸하고 아프다. 가짜가 진실을 압도하는 그 숱한 허언들 속에서 익사한 '나'는 자기의 빈소를 찾는다. "귀가 벌겋고 아량도 없이/ 나발 부는/ 꽃// 더 이상 허비할 게 없다고/ 비가(悲歌)를 꽃으로 가득 채우고// 빈소의 문 여는"(「능소화가 피었다」) 몹쓸 말들을 너무 많이 들어 내야 했던 그 귀가 성할 리 없는 것은 지극히 당연한 일이다. 물 밖에서는 물고기가 살 수 없는 것처럼, 아가미 같은 귀를 상한 사람은 물속으로 걸어 들어갈 수밖에 없는 것이다. 그러나 이런 냉혹한 세계에서는 사람들에게 편하게 숨 쉴 틈을 주지 않는다. "돈 받으러 온 남자가 수도꼭지를 잠근다/ 빚은 빚인데// 숭어와 물을 들고 간다"(「모란」) 그들은 물고기만이 아니라 물마저 가져가 버렸다. 자비 없는 어른들의 세계에서 이처럼 갈취당하지 않고 살기 위해서는 어떻게 해야 하는가.

이 시집의 도처에서 어른들에 대한 불신과 불만을 마주하게 된다. "어른이 실수하면 그냥 넘어가고// 애들은 잘못 안 해도 매부터 들었잖아"(「피자두」) "어디 갔다가/ 안 돌아오는 어른들은 어찌 된 걸까요?"(「입동」) "자장가 부른다고 어른이라면/ 알은 흩어지고/ 조생아들이 줄줄이"(「쓰다듬으면 가만히 있네요」) "보금자리라는 말이 쓸쓸해진 도시에 굶주림이라는 가장 서글픈 단어가 실시간 떠올라도 눈썹을 밀어 버린 어른들은 읽고 말하고 과거의 두루마리를 풀어 매일 베껴 씁니다"(「넝쿨」) 이처럼 뻔뻔하고 무책임한 어른들을 고발하고 있는 이 시어들 속에는, 짙은 분노와 함께 그들을 향한 강력한 항의가 배어 있다.

> 손수건으로 닦아 낼 수 없는 일들이
> 쏟아져도
>
> 그래, 라일락
>
> 따뜻하고 아늑한 구석에 라일락
> 어린아이로 등장하는 그 꿈에 라일락
>
> 꽃을 잃은 것이 아니라
> 꽃 이름을 잊은 것이라고
>
> 어른들은
>
> 뛰어다니고 안달하고 하찮은 말이나 해 대며
> 불신하고 서둘러도
>
> ─「그래, 라일락」 부분

눈물을 흘리지도 못할 만큼 아플 때가 있다. 그렇게 닦아 낼 것도 없는 막막한 슬픔이니까 격려의 손길은 오히려 더 절실하게 다가온다. "손수건으로 닦아 낼 수 없는 일들"을 겪은 아이들에게는 꽃이, 그러니까 라일락만이 "물고기 떼" 같은 그들에게는 숨 쉴 수 있는 물이고 삭막함을 견딜 수 있게 하는 촉촉함이다. 그런데 어른들은 격려는커녕 뛰어다니고 안달하고 하찮은 말이나 해 댄다. 아니, 그들이 저 닦아 낼 수 없는 슬픔의 가해자들이면서도 끝내 반성을 모른다. "내 앞에 어른이 있다 그 앞에 어른이 있다"(「민다리」) 어른들이란 기댈 수 있는 언덕이 아니라 내 앞을 가로막고 있는 "벽"이다. 그래서 벽은 어른의 또 다른 이름이다. "입이 총구가 되지 않게/ 밥이 벽이 되지 않게"(「어떤 경우라도 나쁠 것이 무엇이겠습니까」) 그래서 「아케이로포이에토」는 "벽"을 "똥칠", "아버지"와 거듭하여 병치함으로써 어른들의 그 가증스러운 권위를 훼손하고 있는 것이다.

저주스러운 어른들의 세계에 항거하는 하나의 방식을 귄터 그라스의 『양철북』에서 볼 수 있다. 주인공 오스카 마체라트는 성장을 거부한다. 그는 어른 되기를 거부함으로써 어른들의 세계를 저주한다. 성장의 거부, 다시 말해 미성숙한 채로 살아가는 것이 성장을 강요하는 어른들의 세계에 대한 하나의 저항이라면, 이 시집에서는 한층 격렬한 방식으로 어른들

의 그 요구와 강압에 항거한다. 「조문」, 「능소화가 피었다」에
서 보이는 것처럼 살아가기를 거부하는 것, 자살로서의 죽음
이 바로 그것이다. 요컨대 그것은 자기의 죽음을 통해 스스로
의 생명을 지키려는 역설이다.

　　단어의 뜻은 항상 늦거나 이미 죽었거나 나의 사전은 언제나
　찢어진 입

　두려움
　등 뒤에서 두 손 빌며 부는 어린 바람
　안개
　낮잠 자는 개에게 수면제를 먹인 상태 또는 그런 행위
　개구리
　숨바꼭질을 좋아하는 내 발바닥
　달의 찢어진 입
　말을 더듬는 물고기 입을 가위로 자름
　자살
　몰라도 되는 일에 대한 호기심
　허기
　구멍 난 올빼미의 눈

　　　　　　　　　　　　　　　　　　　　　　—「달의 표정」 전문

'사전'이란 '문법'과 함께 어른들의 세계, 즉 아버지의 명령이 상용화되는 이 '상징계(Symbolic Order)'의 표본이다. 먼저 이 시가 '해'의 표정이 아니라 '달'의 표정을 가리키고 있는 것을 주목해야 할 것이고, 동시에 그것이 기존의 사전적인 '의미'와는 전혀 다른 뜻을 가리키고 있다는 것에 주목해야 한다. "얘야, 말이 많은 사람은 하는 일이 적단다"(「화환」)나 "통일이 말로 다 됐으면 100번도 됐겠지요"(「뭐, 예술은 모르겠고 흥행이나 합시다」)와 같은 표현에서도 사전적이고 규범적인 말의 효능에 대한 불신이 또렷하다. 사전적인 뜻이 '차이'에 의거한 소쉬르의 일반언어학적인 명제와는 달리 "항상 늦거나 이미 죽었거나" 하는 방식으로 드러난다는 것이 그 자살적인 것의 반역성을 암시한다. "충성과 총성"이라든가 "불멍 물멍 산멍 왜 산타는 왜 낙타는 왜 현타는"(「아케이로포이에토」)과 같이, 이 시인이 즐겨 사용해 왔던 언어의 유희는 역시 상징계의 질서, 즉 사전에 정의된 규범적 의미를 내파(內破)하는 의미론적 반역의 한 양상이다. 특히 「가가(可呵)는 가가(可呵)」의 "친절이라고 무성의라고 의미라고 무의미라고 뭐라고 가 가가 가가가 가가가가"와 같은 표현에서는, '의미의 성의 있는 전달'이라는 언어에 대한 고정관념을 우스운 말놀음으로써 가격한다. 그래서 말(언어)은 온전한 입이 아니라 피폭(被暴)된 신체의 한 부분으로서 "찢어진 입"의 "구멍"으로부터 나온다. 이 시인에게는 시가 바로 그 찢어진 입에서 쏟아져 나오는 의미론적 파열의 목소리, 그러니까 의미로 환원되지 않는 말이 아닌 말, 요컨대 '미친 소리'인 것이다. "나도 모르게 튀어나온 훌륭한 말들은/ 돌아서서 성큼성큼 가 버립니다"라거나 "원고도 없이 얘기하는 말들이 방귀 새듯 픽, 픽 나옵니다"(「내시경」)라고 한 것이, 의지와 의미 너머의 어떤 예고 없는 도래로서의 시적 순간에 대한 생각을 나타낸 것이 아니었을까. 그래서 그는 "서정 없어도/ 시를 쓸 수 있는 마음"(「석류와 석류」)이라고 단호하게 말할 수 있었던 것이 아닐까.

열리지 않는 '문'은 '벽'이나 다름없다. "입이 총구가 되지 않게/ 밥이 벽이 되지 않게"(「어떤 경우라도 나쁠 것이 무엇이겠습니까」)라는 시구에서처럼, 빈곤한 이웃을 앞에 두고 그 입이 거짓을 선동하거나 과식과 폭식의 도구로 쓰일 때, 그것은 생명을 죽이는 '총구'가 된다. 그 때 그 폭식의 난동꾼들이 게걸스럽게 처먹는 밥은 사람을 살리는 양식이 아니라 사람과 사람의 건널 수 없는 '벽'이 된다. 시인은 코로나 팬데믹과 같은 상황 속에서 마치 가면이거나 복면처럼 마스크로 자기의 얼굴을 가린 사람들에게서 또 다른 벽을 본다. "복면이 전체 종을 위협하는 전대미문의 사건"(「복면」) 가로막거나 막히지 않고, 뚫려서 통하는 구멍만이 생명을 살게 하는 밥이고 문이다.

오늘도 저 문을 열지 못하면 이 춤을 계속 추어야 합니다

녹슨 불빛이 비상구를 가리키지만
거기는

아가, 아가, 새아가……

나를 부르는데 목소리가 없는 곳

내 뒤를 밟는데 발목이 없는 곳

눈썹을 밀어 버린 태양이 어둠을 껴안고
저 문을 들어서면

나는 죽은 나와 손목이 묶인 채
복습합니다 어제 배운 죽음을

—「파반느」 부분

  상징계의 아버지(어른)가 나를 부르는 목소리를 피하기 위
한 춤사위, 그러므로 이 파반느는 반항적인 죽음의 무곡이다.
시인은 이미 「어떤 춤을 추면 될까」라는 시에서도 "발이여
천천히 감기고 있는 눈이여/ 이 삶을 집어치우고"라고 하면

서 춤과 죽음의 이미저리를 융합시킨 바가 있다. 그리고 「넝쿨」이라는 시에서 보았던 "눈썹을 밀어 버린 어른들"이라는 구절을 떠올려 보면, "눈썹을 밀어 버린 태양이 어둠을 껴안고"에서 "태양"은 그 어른 즉 아버지와 연관된 시어일 것이라고 추정할 수 있다. 이 태양은 생명을 따사롭게 키워 내는 것이 아니라 고귀한 물기를 말려 버리는 난폭한 힘이다. 따라서 "나는 죽은 나와 손목이 묶인 채"라는 표현에서 엿보이듯, 이 죽음의 춤사위는 벽이 되어 버린 문 앞에서 그 상징적인 아버지에게 자기의 죽음을 시전(示展)하는 것이다. 서양의 많은 비극들이 그러했던 것처럼 아비 앞에서 죽어 버리는 자식, 이보다 더한 저항이 있을 수는 없지 않은가.

세상은 온갖 거짓말들로 가득 차 있다. 「알고리즘」과 「능소화가 피었다」에서 볼 수 있는 바와 같이, 새로운 미디어들이 범람하는 현실에서는 허황한 거짓들이 너무 쉽게 진실을 왜곡해 버린다. 「아케이로포이에토」, 「해칠 의도가 없습니다」, 「능소화가 피었다」, 「약사암」, 「말할 때 꼭 착하게 굴 필요는 없어요」, 「回」, 「민다리」, 「넝쿨」에서 그런 거짓의 세계에 대한 어떤 불안과 불편함이 옅게나마 새겨져 있다. 거짓이 판치는 불신의 세계에서는 '이야기'가 사라진다. 이야기는 상대(타인)에게 전하는 정성스러운 말씀이고 함께 나누는 공존의 담론적 형식이다. 「입동」, 「그러니, 같이」, 「복면」, 「피자두」, 「내가 전혀 수박 잊고 있을 때」에서 그런 '이야기'의 쇠

퇴를 아쉬워하는 마음이 읽힌다. "궁핍의 원수"(「꽹과리가 걸려 있네」)라고 할 만큼, 지독한 빈곤 속에서 자식들을 건사해 냈던 엄마는 이렇게 말했다. "이 세상은 약한 쪽, 약한 쪽으로 싫은 일이 흘러가는 거야,"(「화환」) 한평생 엄마는 온몸으로 젖을 짜서 식구들 먹여 살리다가 죽었고, "주름 하나 없이 매끄러운 정답을" 요구받았던 '나'는 더 이상 미래를 생각할 수가 없어 이제 그만 죽고 싶다. "알약 다섯 개를 하나씩 다섯 번 삼키면 안 되나요"(「우리 모두 포유류니까」) 그러니까 죽음은 누군가들과 함께 나눌 이야기를 말살하는 이 거짓되고 불의한 세계에 대한 비극적인 항거이다.

　「밥이나 겨우 먹고 삽니다」나 「신경(神經)」에서처럼 육신의 폭행 속에서 신음을 할지언정, '싸움'을 하지 않고도 이기는 길은 무엇인가. "같이 죽지 않을래요?"(「동:백이」) 이와 같은 죽음에의 충동, 이 앙띠 오이디푸스적인 자살을 어떤 난폭에 대한 또 다른 난폭한 대응이라고만은 할 수 없다. 그것은 자기의 해체, 즉 유아(唯我)주의적인 자아를 지양하는 어떤 숭고한 비약을 함의하는 것이기도 하기 때문이다. "주관도 주책도 없는 내가 여기 너무 많다"고, 그러니 "나는 나를 뒤집어야 살 수 있다"(「오뚝이에게」)고 했다. 그러니까 이 시집은 살부(殺父)가 아니라 살신(殺身)을 지향한다. 아버지에 대한 분노가 시집 곳곳에 편재하지만, 끊임없이 '나'의 죄를 발명해 내는 그는 다만 경멸과 비난의 대상일 뿐이다. 「아케이로포이에토」에서 아버지와 그의 권능은 '발레'를 빙자한 '벌레'나 '벽'에 '똥칠'과 같은 말들로 훼손되고 모욕당한다. "아진짜 인간이 아닌 사람 아닌 님 아닌 찐 찐입니다" 하나님 아버지의 종교, 거룩한 그리스도의 이콘을 가리키는 그 제목(아케이로포이에토)을 통해서 징글맞은 계보의 기원을 신성모독할 뿐이다. 그 기원의 자리에 있는 유일한 존재 아버지에게 죄 사함을 구하는 것이 아니라, 죄 지었다고 규정당한 그 육신 자체를 기꺼이 놓아 버리는 것이다. 그러므로 살신은 살부보다 급진적이다. "각방 쓰고 각자 살고/ 이보다 더 멀어지는 거// 내가 된다는 것/ 아주 잘 알던 집으로 돌아간다는 것"(「그러니, 같이」) 그러니까 살신이란 내가 나로 돌아간다는 것이며, 상가(喪家)의 개같이 외로운 신세일지라도 절대로 자기를 연민하지 않는 것이다. 살신하여 성인(成仁)이 된다는 것, 그것을 일러 기꺼이 자기의 운명을 껴안고 주어진 길을 가는 '노마드'로서의 '초인(overman)'이라고 할 수 있을 것이다.

자기 연민이
아무 몹쓸 병이라는 것을 깨달으면서

담판 짓는다면

발꿈치를 뒤로 돌려

지성의 쪼가리는 밟는 것
지나치게 찬양되는 천성을 팽이 치듯
비난을 선방하는 것

눈알 하나 땅에 떨어져 눈빛이 될 때까지
일 초 일 초
날카로워지는 일

서로를
만진다는 것은
밤의 바깥으로 튀어 나가게 하는
공포

가구들처럼 잡아 놓은
불안을
꽉 안아
방을 가로지르는 인내

—「모종의 일」 부분

　‘거짓’을 극복하고 ‘이야기’를 회복할 수 있느냐는, 살신성
인의 여부에 달려 있다. ‘자기’를 ‘연민’하지 않고 ‘불안’을 꽉

끌어안는 저 '인내'가 살신함으로써 성인하는 것이며, 그것이 곧 초인의 길이다. 초인은 또한 이처럼 '돌'의 악력 속에서도 자기 안의 소리를 들어 낼 수 있는 자이다. "돌은 내 것인데 소리는 내 것이 아니다 미치거나 전설이 된 사람은 크고 분명하게 자기 안의 소리를 듣고 들리는 대로 살아간다 대화는 소리를 듣는 것과 다르다 진실과 대가(代價) 사이에 자리한 연륜이 있다"(「이 도시엔 균형이 있다」) 「나비를 보다」, 「오뚝이에게」에서도 '균형'이 거듭 언급되지만, "저 균형은 거짓말이다 희망은 위험하다"(「回」). 이처럼 초인의 길은 거짓된 균형에 기대를 걸지 않고 삿된 희망에 쉽게 넘어가지 않는다. 살신성인의 초인, 자기를 죽여 생명을 살려 낼 수 있는 역설의 치유는, "터진 속까지 읽어내는 독자처럼" 한 방의 침으로 꽉 막혀 있던 구멍을 통쾌하게 뚫어 버리는 약사암의 돌부처와 같이, "오, 우주의 고삐를 잡아/ 이마에 꽂은 한 방울의 침(鍼)"(「약사암」)으로써만 가능하다.

부처와 같이 자유자재한 노마드, 자기를 넘어선 사람인 초인은 한곳에 정주하며 안락을 도모하지 않는다. "한곳에 오래 있으면 발이 간질거립니다 무리에 어울리는 요령이 없는 내게 사건을 순리대로 적는 습관을 기르라고 합니다 바람은 제가 불고 싶은 대로 부는 것 같아도 힘을 다하고 정성을 다하고 있습니다"(「화심」) '무리'에 동화됨으로써 안정을 바라는 익명의 '대중'을 넘어선 자리에 하얀 배꽃이 천지를 축복

한다. 그 '흰색'은 난폭한 혈연의 동맹을 가리켰던 붉은색과는 정반대의 함의로 읽힌다. "문턱에 있던/ 흰 실 한 가닥이/ 생각났다"고 했고, "무명으로 지은 베개에 머리 얹고 자면/ 아픈 데가 없어진다고 믿었다"(「울고 싶은 대로 울었다」)고 했다. "후드득/ 피는 꽃/ 속옷 벗는 흰나비"(「어떤 춤을 추면 될까」)를 포착하기도 했다. 하얀 나비가 훨훨 난다. 어떤 구애됨이 없이 밝고 환하게 난다. 그것이 바로 시인이 진심을 다하여 바라는 삶일 것이다.

　　균형 잡고 친구 사귀듯

　　다가가 날개를
　　저만치 나비를
　　멀리서는 노랑을

　　　　　　　　　　　　　　　　　　—「나비를 보다」 부분

　「回」에서 이미 실속 없는 균형과 희망의 관념을 거부하였으나, 무리 속으로 동화되지 않고 "저만치" "멀리서는" 거리감을 지켜 낼 수 있다면 훨훨 나는 자유자재의 길은 결코 헛된 희망이라고 할 수 없을 것이다. 그러므로 안주하지 않고 떠나야 한다. "중심을 버리고 싶은 날이 옵니다// 서식지를 바꿀 때가 되었습니다 머리를 북쪽으로"(「훨훨」) 진짜 균형은

'중심'을 잡는 것이 아니라, 이처럼 중심을 버릴 때에 비로소 가능하다. 가지려 하지 않고 기꺼이 놓아 버릴 수 있을 때, 요 컨대 안락했던 '서식지'를 바꿀 수 있을 때 훨훨 날 수가 있다. 석민재 시인에게는 시를 쓴다는 것이 그런 중심 버리기와 서 식지 바꾸기가 아닐까. 그래서 「모나미153」에서는 "만보는 걸음이 아니라 자기반성"이라고 했고, "걷는다는 말이 쓴다 는 말과 비슷하지 않냐고 내가 말했다"고 항변하였으며, "방 랑 기질이 쓰고 방황으로 걷는다"고 했다. 그에게 있어 시를 쓴다는 것은, 붉음에 상처받았던 자기를 연민하지 않고, 그렇 게 자기의 자리를 떨쳐 일어나 하얀 의욕으로 방황의 길을 걸 어가는 것이다. 그러므로 이 시집은 방황에 다름없는 방랑을 기록한 두서없는 여행기로 읽혀도 좋으리라.